Heritage
jeunesse

Catalogage avant publication de Bibliothèque et Archives nationales du Québec et Bibliothèque et Archives Canada

Perry, Chrissie

    Demoiselle d'honneur

    (Go girl!)

    Traduction de: Flower Girl

    Pour les jeunes.

    ISBN 978-2-7625-9458-4

    I. McDonald, Danielle. II. Ménard, Valérie. III. Titre. IV. Collection: Go girl!.

Version française
© Les éditions Héritage inc. 2012
Traduction de Valérie Ménard
Révision de Danielle Patenaude
Infographie: D.sim.al/Danielle Dugal

Nous reconnaissons l'aide financière du gouvernement du Canada par l'entremise du Fonds du livre du Canada.

Nous reconnaissons l'aide financière du gouvernement du Québec par l'entremise du Programme de crédit d'impôt – SODEC.

Demoiselle d'honneur

PAR
CHRISSIE PERRY

TRADUCTION DE **VALÉRIE MÉNARD**
RÉVISION DE **DANIELLE PATENAUDE**

ILLUSTRATIONS DE
DANIELLE McDONALD

INFOGRAPHIE DE **DANIELLE DUGAL**

Chapitre
un

— Ne bouge pas, Élodie! Si tu n'arrêtes pas de te tortiller comme ça, Katia ne sera pas capable de prendre tes mensurations comme il faut.

Élodie rit.

— Mais ça *chatouille,* maman, dit-elle.

Sa mère sourit tandis que Katia enroule le ruban à mesurer autour de la taille d'Élodie. Cette dernière jette un coup d'œil circulaire à la pièce.

Il y a un grand présentoir rempli de robes longues dans un coin. Élodie les trouve toutes magnifiques. L'une d'entre elles possède un volant qui frôle le sol. Si elle s'accroupit sur le tabouret sur lequel elle se dresse, elle peut voir les paillettes sur l'encolure d'une robe bleu poudre à l'extrémité du présentoir. On dirait des milliers de petites étoiles qui scintillent, comme si quelqu'un les avait décrochées du ciel pour les coudre sur la robe...

— Élodie, pourrais-tu collaborer avec Katia et te tenir droite? lui demande sa mère.

— Si tu t'accroupis pendant que je prends tes mensurations, tu vas te retrouver avec une mini-jupe, explique Katia.

— Oups, désolée, répond Élodie, qui se redresse afin de permettre à Katia de mesurer ses jambes.

— Voyons voir, dit Katia en souriant et en jetant un coup d'œil au croquis qu'Élodie et sa mère ont dessiné. Je crois avoir le tissu idéal pour cette robe. Attendez-moi un instant.

Lorsque Katia disparaît dans l'arrière-boutique, Élodie saute en bas du tabouret et se cogne contre un objet.

L'*objet* en question est un mannequin de couture.

— Oh, bonjour Madame Pas-de-tête, plaisante-t-elle.

Trois mannequins de couture sont dispersés dans la pièce. Ils sont tous dépourvus de tête, et à l'endroit où devraient se trouver les jambes, il y a plutôt une tige reliée à un socle.

Deux des mannequins sont vêtus de robes à demi terminées, tandis que celui avec lequel Élodie est entrée en collision est totalement dénudé. Une centaine d'épingles à têtes perlées recouvrent cependant son buste.

— Aïe, pauvre toi, s'esclaffe Élodie en faisant un signe de la tête au mannequin. Mais peut-être devrais-tu te mettre quelque chose sur le dos ?

— Madame Pas-de-tête va m'aider à confectionner un voile de mariée cet après-midi, dit Katia.

Elle se tient dans l'ouverture de la porte, les mains derrière le dos.

— Alors, les filles, êtes-vous prêtes à voir ce que j'ai trouvé ? C'est assez particulier.

Élodie joint les mains au moment où elle aperçoit ce que tient Katia.

— Oh, c'est..., c'est..., balbutie Élodie qui cherche le mot juste.

Joli? Adorable? Il n'y a aucun mot qui semble pouvoir décrire ce que Katia a dans ses mains.

C'est la couleur préférée d'Élodie. Mauve! Justement le ton de mauve dont Élodie rêvait pour sa robe. Non pas un mauve prune, mais plutôt quelque chose de plus foncé, avec plus de caractère... plus dans les tons de violet. Au moment où Katia tire sur l'immense rouleau de tissu, Élodie s'approche pour le palper. C'est doux et lisse.

— Alors, est-ce que ça te plaît? demande Katia.

Élodie pousse un soupir rêveur.

— C'est *parfait,* répond-elle.

— Bien, réplique Katia en prenant le croquis qu'Élodie et sa mère ont dessiné.

— Lorsque tu reviendras dans deux semaines, tu pourras essayer ta robe. Elle sera prête la semaine suivante.

Élodie plisse le nez. Trois semaines ! Elle devra attendre tout ce temps avant de récupérer sa robe. Elle qui croyait sortir de chez la couturière avec une jolie robe identique à celle qu'elle avait dessinée !

Il y a un petit quelque chose de magique à savoir qu'on peut dessiner le croquis d'une robe sur une feuille de papier, et qu'une personne se charge ensuite de la confectionner pour nous. C'est comme avoir une fée marraine.

Quoique *cette* fée marraine est un peu lente !

— Ça peut te sembler long, dit Katia, comme si elle devinait les pensées d'Élodie, mais pour fabriquer une robe aussi spéciale que celle-ci, je dois d'abord faire le patron, le découper, puis assembler les morceaux.

Tandis qu'elle parle, Katia désigne une grande table de travail sur laquelle sont disposés une paire de ciseaux, un carton brun et une machine à coudre. Ce genre de magie semble demander beaucoup de travail.

— Mais je te promets, Élodie, poursuit gentiment Katia, que la prochaine fois que tu viendras, tu pourras t'imaginer à quel point tu seras ravissante. Bien, je vais aller chercher mon carnet de notes à l'arrière.

Au moment où Katia quitte la pièce, Élodie prend le tissu dans ses mains. On dirait qu'il flotte sur la table de travail.

— Je n'arrive pas à le croire, maman, s'écrie-t-elle.

— Moi non plus, glousse sa mère en la serrant très fort dans ses bras. C'est comme un rêve qui devient réalité !

Chapitre deux

Pendant qu'Élodie serre sa mère dans ses bras, elle repense au moment où elle a appris la nouvelle.

Élodie et Yannick rentraient de leur cours de karaté. Elle était *affamée* et sentir l'odeur du rôti au four était un vrai supplice. La mère d'Élodie, Hélène, fredonnait une chanson dans la cuisine tandis que François coupait des haricots.

Lorsque sa mère est entrée dans le salon, Élodie a immédiatement su qu'il se passait quelque chose. Sa mère souriait et elle regardait François d'une façon différente.

— Les enfants, assoyez-vous. Nous avons une grande nouvelle à vous annoncer, leur a-t-elle dit.

Élodie a lancé un regard à Yannick. Il faisait son truc avec ses sourcils. Yannick sourcille toujours quand il se demande ce qui se passe. Lorsque François et lui ont emménagé chez elle, Élodie était contrariée. Elle est maintenant habituée, et elle doit avouer qu'elle aime plutôt cela.

Élodie s'est assise à côté de Yannick aux sourcils en l'air.

— Yannick, a commencé François d'une voix sérieuse. Tu sais qu'Hélène et moi nous aimons beaucoup.

— Papaaa, a ronchonné Yannick.

François a ri.

— Désolé fiston, a-t-il dit en ébouriffant les cheveux de Yannick. Alors voilà...

Il a souri à la mère d'Élodie, puis s'est interrompu.

— Alors voilà, a poursuivi la mère d'Élodie, nous avons décidé, bien, pourvu que vous soyez tous les deux d'accord...

Élodie a levé les bras dans les airs.

— Qu'est-ce que vous avez décidé? a-t-elle demandé.

Pour des adultes, ces deux-là agissent d'une drôle de façon.

— Nous avons décidé..., dit François.

— De nous marier! s'est exclamée la mère d'Élodie.

— OK, Hélène, dit Katia, assise à sa table de travail et prête à écrire dans son carnet de notes. As-tu pris les mensurations de l'autre demoiselle d'honneur? Celle qui habite en Ontario?

— Oui, répond la mère d'Élodie en cherchant un bout de papier dans son sac. Voici les mensurations d'Adèle.

Élodie se gratte la tête pendant que Katia écrit les mesures dans son carnet de notes. Elle était si contente lorsque sa mère lui a demandé d'être demoiselle d'honneur qu'elle en a perdu le souffle. Elle n'a assisté qu'à un seul mariage dans sa vie. C'était plutôt cool. Mais ce *mariage-ci* sera le plus cool auquel elle n'aura jamais assisté !

En effet, elle est si excitée qu'elle a failli oublier qu'il allait y avoir une *autre* demoiselle d'honneur.

Adèle est la cousine de Yannick. Elle et sa famille vont arriver la semaine précédant le mariage.

C'est bizarre de savoir que Yannick a des cousins qu'Élodie n'a jamais rencontrés. Elle sait, par contre, qu'Adèle est un peu plus jeune et qu'elle a un frère qui sera garçon d'honneur avec Yannick.

Élodie sourit intérieurement. Elle connaît plusieurs filles à l'école qui ont l'âge d'Adèle. Celle qu'elle préfère est une mignonne petite fille timide à la chevelure blonde. Parfois, Élodie et ses amies lui permettent de jouer avec elles à l'heure du dîner.

Adèle lui ressemble peut-être ?

— Merci Katia, dit la mère d'Élodie, la sortant ainsi de ses pensées.

Élodie hoche la tête et oublie complètement Adèle.

Du moins, pour le moment.

Chapitre trois

Plus tard, cet après-midi-là, Élodie s'assoit dans le salon avec sa mère et sa meilleure amie, Simone. Une centaine de revues sont éparpillées un peu partout sur la table basse. Yannick est concentré à appuyer sur les touches de son *Game Boy*. Le bruit du tapotement se répand dans la pièce.

Simone ramène ses cheveux vers l'arrière et pousse un grand soupir.

— Tu es la personne la plus chanceuse du monde, Élodie! confie-t-elle. J'aimerais tant que *mes* parents se marient.

— Mais ils sont déjà mariés, lui rappelle la mère d'Élodie.

— Dans ce cas, j'aimerais qu'ils se marient *une autre fois,* dit Simone en riant.

La mère d'Élodie éclate de rire.

— Bien, répond-elle, ça va être un beau mariage. Mais ça demande beaucoup d'organisation. Je vais sans aucun doute avoir besoin d'une tasse de thé pour continuer.

— Oui, s'il te plaît, disent Élodie et Simone en chœur.

— Serveuse, pourrais-je avoir un verre de lait? ajoute effrontément Yannick sans lever les yeux de son *Game Boy. Tac, tac, tac.*

La mère d'Élodie roule des yeux.

— OK, Élodie, pendant ce temps, tu pourrais regarder les fleurs pour Adèle et toi. Tu trouveras peut-être quelque chose qui s'agence bien avec vos robes mauves.

Aussitôt que la mère d'Élodie a quitté la pièce, Simone se met à agir bizarrement.

— Regarde ce que j'ai trouvé, chuchote-t-elle.

Simone tire sur un dépliant qui était inséré entre les dernières pages d'une revue de mariée. Élodie remarque d'abord le titre. Il est écrit « Lune de miel de rêve à Hawaï » en grosses lettres dorées en haut du dépliant. Et sous ces mots, il y a l'image d'une magnifique plage, avec du sable doré et de l'eau bleu clair.

Simone la pointe du doigt plus d'une centaine de fois. Puis, elle retourne le dépliant.

Sa mère y a écrit deux dates à l'encre noire. Élodie remarque que la première date correspond au lendemain du mariage.

Élodie s'imagine déjà en train de nager dans l'eau cristalline avec Yannick, à construire des châteaux de sable et à manger de la crème glacée...

— Super ! s'écrie-t-elle. On s'en va à Hawaï !

Yannick cesse de jouer avec son *Game Boy* et se penche pour regarder le dépliant.

— Élodie, dit-il lentement, il s'agit d'une *lune de miel*. Mon père et ta mère y vont. Pas nous. C'est pour ça que tante Christine, Mathéo et Adèle viennent à la maison. Pour nous garder.

Je veux partir en vacances!

Élodie dévisage sa mère, qui revient au salon avec le plateau de breuvages. Elle ne la quitte pas des yeux tandis qu'elle verse deux cuillerées de sucre dans son thé.

— Alors, comment trouvez-vous ces fleurs? demande sa mère en pointant une image du doigt.

Élodie inspire profondément. Les fleurs sont *parfaites*. Certaines sont rose pâle, et d'autres sont mauves. Elles sont attachées avec un ruban vert, qui s'agence très bien avec les feuilles vertes.

Mais présentement, elle ne peut s'arrêter de penser à ce que Yannick a dit.

— Maman, souffle-t-elle, est-ce que c'est vrai ? Est-ce que toi et François allez partir en lune de miel sans nous ?

Élodie verse une troisième cuillerée de sucre dans son thé pendant qu'elle parle. En temps normal, sa mère ne lui permet pas de mettre trois cuillerées de sucre dans son thé. Mais ça ne semble pas la déranger cette fois-ci.

— Oh, chérie, murmure la mère d'Élodie. Je suis désolée. J'ai été si occupée dernièrement. Je croyais t'avoir dit que la tante de Yannick, Christine, allait venir avec Mathéo et Adèle pour vous garder pendant notre lune de miel, à François et à moi.

Élodie se prépare à prendre une quatrième cuillerée de sucre, mais cette fois, sa mère lui retire le sucrier.

— Élodie, François et moi partons ensemble. Nous n'avons jamais l'occasion de passer du temps seuls tous les deux. Et ce n'est que pour une semaine...

— Je serai là, claironne Simone. Et en plus, tu auras une nouvelle *cousine* à la maison. Tu as de la chance. Moi, je devrai endurer la cloche et l'idiot, comme d'habitude !

Élodie sent un léger sourire apparaître sur ses lèvres. Simone surnomme affectueusement ses frères « la cloche » et « l'idiot ».

Élodie encercle les fleurs qu'elle préfère dans le dépliant. Puis, elle affiche un large sourire. Élodie a hâte au mariage. De plus, c'est la première fois qu'il y aura une jeune enfant à la maison.

Simone a raison. Elle est *sans conteste* la personne la plus chanceuse du monde entier !

Chapitre quatre

Élodie a compté les jours avant l'arrivée de la cousine de Yannick. Cinq dodos, ça lui a paru une éternité. Mais le jour est enfin venu où elle et sa famille attendent dans la section des arrivées de l'aéroport. C'est fascinant de regarder tous ces gens franchir les portes coulissantes. Certaines personnes envoient la main et rient tandis qu'elles retrouvent leurs familles et amis. D'autres pleurent et se serrent dans leurs bras.

— Est-ce que ce sont eux, François ? demande Élodie pour la centième fois en agitant sa main impatiemment dans la sienne.

— Non. Non... oui ! s'écrie-t-il finalement. Ils viennent de franchir la porte !

— Mathéo ! crie Yannick. Par ici !

Élodie reste aux côtés de François et de sa mère. Ça fait bizarre de rencontrer tante Christine. Elle ressemble beaucoup à François, excepté qu'elle a les cheveux longs.

Élodie regarde Mathéo qui salue Yannick. Elle croyait que Mathéo était plus jeune que Yannick, comme Adèle est plus jeune qu'elle. Mais il semble plutôt avoir le même âge que lui. Il porte un pantalon très ample et une casquette de baseball à l'envers sur sa tête.

Puis, Élodie baisse la tête.

La fillette qui *sautille* dans leur direction ne ressemble en rien à ce qu'Élodie s'était imaginé. Adèle est petite et menue. Ses cheveux noir jais sont coupés au carré et ils rebondissent sur ses épaules alors qu'elle court vers eux.

— Bonjour, oncle François! s'écrie-t-elle en s'élançant dans les bras de François, le forçant ainsi à lâcher la main d'Élodie. J'ai reçu un livre à colorier dans l'avion! Et une boîte de crayons! Et deux biscuits emballés dans de petits sachets, mais j'en ai gardé un!

— C'est vrai, mon cœur? dit François, plaçant Adèle sur sa hanche afin de pouvoir embrasser tante Christine et serrer la main de Mathéo.

— Christine, je te présente Hélène et Élodie, confie-t-il. Mes filles !

— Enchantée de vous rencontrer, dit tante Christine en enlaçant la mère d'Élodie avant de se tourner vers cette dernière. Et toi aussi, Élodie.

Tante Christine sourit. Élodie l'aime instantanément. Elle a le même sourire que François.

Élodie observe Adèle pincer les joues de François pour attirer son attention.

— Tu sais pourquoi j'ai gardé un biscuit, oncle François ? demande-t-elle en écrasant les joues de François.

Le sourire de François prend la forme d'un carré entre les petites mains de la fillette.

Adèle saute des bras de François et atterrit entre Élodie et lui. Quelques secondes plus tard, elle dévoile un biscuit émietté dans sa main.

— Je l'ai gardé pour ma nouvelle cousine! clame-t-elle haut et fort de façon à ce que *tout le monde* l'entende. Élodie!

À l'heure du coucher, Élodie enjambe la valise d'Adèle et contourne le lit gigogne sur lequel cette dernière est couchée. Sa chambre ne lui a jamais paru aussi petite. Bien sûr, elle a déjà invité des gens à dormir chez elle. Mais malgré qu'Adèle soit petite, elle prend beaucoup de place.

Elle entend Mathéo et Yannick bavarder et rire dans la chambre de Yannick. Les garçons ont joué ensemble toute la journée. Élodie s'est donc retrouvée avec Adèle...

— Élodie? demande Adèle en se redressant dans son lit. Quelle est ta couleur préférée?

Élodie s'installe dans son lit et bâille. Elle a l'impression d'avoir dû répondre à plus de questions en une seule journée que dans sa vie entière.

— Ah, mauve, dit-elle.

— Moi aussi! s'exclame Adèle avec enthousiasme.

Élodie se blottit sous les couvertures et ferme les yeux.

— Élodie? se fait entendre la voix d'Adèle dans son demi-sommeil. Qu'est-ce que tu préfères? Les gros ou les petits chiens?

C'est difficile de rouler des yeux quand ils sont fermés.

Je veux juste dormir.

— Les petits chiens, répond Élodie en bâillant.

Soudain, Élodie sent un petit coup sec sur son bras. Elle ouvre les yeux.

— Moi aussi! claironne Adèle. Parce qu'on peut les prendre pour les caresser.

Élodie tire son bras.

— Bonne nuit, Adèle, dit-elle avec espoir.

— Bonne nuit, Élodie, souffle Adèle.

Élodie se retourne et se laisse emporter par le sommeil. Ce fut une journée chargée. Elle est heureuse de pouvoir enfin lâcher prise et dormir. Dors, dors...

— Élodie?

La voix d'Adèle la réveille en sursaut.

— Quel est ton animal préféré?

Chapitre cinq

— Élodie, voyons voir laquelle de nous deux a les plus longues jambes. Étire-les, dit Adèle.

Adèle et elle sont assises à l'arrière de la voiture de François; il y a vraiment très peu d'espace pour qu'elles s'étirent les jambes de la sorte.

C'est le jour du deuxième essayage, et *tout le monde* y assiste. Yannick et Mathéo vont récupérer leurs habits à une boutique située à quelques pas de chez la couturière.

François conduit alors que la mère d'Élodie est assise sur le siège du passager. Yannick et Mathéo occupent les sièges du centre avec tante Christine. Puis, Élodie et Adèle sont...

— Élodie ! s'écrie Adèle en lui donnant un coup de coude. *Étire tes jambes.*

— Nous sommes arrivés, annonce François du siège du conducteur.

Élodie n'a jamais été aussi heureuse de sortir de la voiture.

— Les filles, vous êtes magnifiques ! s'exclame la mère d'Élodie. Regardez-vous dans le miroir.

Élodie se dresse sur le tabouret de Katia alors qu'Adèle est debout sur le sol devant

elle. Elle admire sa robe mauve. Élodie peut sentir les bretelles satinées sur ses épaules. Elle adore la façon dont la robe s'évase vers le bas. C'est très joli !

Elle saute du tabouret et se retourne vers le miroir. Elle ne voit que sa tête et une petite Adèle mauve tourner sur elle-même pour s'étourdir.

— Tu es ravissante, Adèle, dit Élodie. Tu ressembles à une petite princesse.

La mère d'Élodie frotte son dos dans des petits mouvements circulaires. C'est sa façon de lui dire : « Je suis fière de toi. » C'est dans ces moments qu'Élodie voudrait se pencher et lui donner un gros câlin. Un câlin qui ferait savoir à sa mère à quel point elle s'ennuiera d'elle lorsqu'elle sera en lune de miel.

Or, à peine s'est-elle approchée de sa mère qu'Adèle s'interpose entre les deux.

— En fait, je ressemble à une *grande* princesse, rectifie Adèle.

Élodie fronce les sourcils et regarde sa mère par-dessus la tête d'Adèle. Elle plisse le visage pour lui démontrer à quel point Adèle lui tombe sur les nerfs. Sa mère lui envoie un demi-sourire. Élodie connaît cette expression faciale. Cela signifie qu'elle doit se montrer patiente. Elle prend alors une grande inspiration.

Le tissu mauve produit un bruissement autour des chevilles d'Élodie tandis qu'elle tente de contourner Adèle pour se placer devant le miroir.

— Est-ce que je peux aussi regarder, *grande* princesse ? dit Élodie.

Élodie se tient à côté d'Adèle devant le miroir. Elles observent leurs reflets.

— On est identiques! déclare joyeusement Adèle.

— Alors, maman, dit Élodie en relevant ses cheveux, est-ce que je pourrais avoir les cheveux remontés de cette façon?

Adèle l'imite et soulève sa chevelure noire dans les airs.

— Ou bien, est-ce que ce serait mieux comme ça? poursuit Élodie, en tenant ses cheveux dans deux couettes. À côté d'elle, Adèle imite sa deuxième coiffure. L'une de ses couettes est relevée, tandis que l'autre est très basse.

Lorsque Élodie se retourne vers sa mère, Adèle se tourne aussi. Elle a l'impression qu'une petite ombre colorée suit tous ses faits et gestes. Si Élodie croise les bras, l'ombre colorée croise aussi les siens. Par contre, cette ombre colorée parle très fort !

— Regarde ! crie soudainement Adèle. Mathéo et Yannick font des grimaces dans la vitrine.

Élodie se tourne en direction de la vitrine de la boutique.

Mathéo et Yannick sont à l'extérieur de la boutique. Ils portent des habits noirs et des petits nœuds papillon noirs. Ils ont l'air cool, même avec leurs visages aplatis contre la vitrine.

Élodie a un pincement au cœur au moment où Mathéo et Yannick éclatent de rire et s'enfuient en courant. Ils ont l'air d'être les meilleurs amis du monde. Ce n'est pas comme avoir une ombre volubile...

— Venez les filles, lance tante Christine, sortant Élodie de ses pensées. Au tour des chaussures, maintenant !

Élodie n'est jamais entrée dans une aussi belle boutique de chaussures.

À l'avant se trouvent des souliers roses avec des boutons en forme de papillon, ainsi que des rouges, qui ressemblent à ceux que portait Dorothy dans *Le Magicien d'Oz*. Il y a aussi une paire de chaussures en satin blanc.

Mais, les plus belles de toutes, ce sont des chaussures argentées à talons hauts, avec de petites boucles sur le devant.

Élodie les saisit en retenant son souffle.

— Maman ? dit-elle en tenant l'une des chaussures. S'il te plaît ?

La mère d'Élodie semble hésiter.

— Elles sont très jolies, Élodie, répond-elle, mais je trouve que le talon est trop haut. Je doute qu'elles soient confortables.

Elle lance un drôle de regard à Élodie et incline la tête vers Adèle.

— Tu sais... pour toutes les *deux,* ajoute-t-elle dans un murmure.

— Bien, Adèle pourrait peut-être porter celles-ci, propose Élodie en prenant une paire de ballerines de couleur argent. Elles ressemblent aux souliers qu'elle a choisis, sauf qu'elles n'ont pas de talons.

— Non ! déclare Adèle. Je veux les mêmes chaussures qu'Élodie !

L'expression d'Adèle évoque à Élodie un gros nuage noir gorgé d'eau et prêt à éclater.

— Je veux des chaussures *identiques*, ajoute-t-elle, pour s'assurer que tout le monde l'a bien comprise.

— Écoute, ma belle, dit la mère d'Élodie. Je crois qu'on va prendre les ballerines. Elles conviendront à *tout le monde*. C'est un bon compromis.

Élodie repose les chaussures à talons hauts sur l'étagère avec réticence. Si ce n'était pas d'Adèle, elle est persuadée que sa mère lui permettrait de les porter.

« *Ce n'est vraiment pas juste* », pense Élodie alors que sa mère paie les deux paires de ballerines.

Élodie marche vers la voiture d'un pas précipité, espérant ainsi semer Adèle pendant un moment. Mais l'ombre la suit en courant.

Une fois qu'Élodie s'est glissée sur le minuscule siège arrière, elle se retourne et aperçoit Mathéo et Yannick rire et rigoler dans la rangée centrale.

Elle sait ce que sa mère voulait dire par *compromis*. Un compromis, c'est lorsqu'une personne accepte de changer ce qu'elle désire en vue de satisfaire tout le monde.

Élodie ignore Adèle qui bavarde. Elle croise les bras et regarde par la fenêtre.

« *Pourquoi suis-je la seule à devoir faire un compromis ?* », se demande-t-elle.

Chapitre

six

Le lendemain matin, Élodie se lève sans faire de bruit pour éviter de réveiller Adèle. Elle enfile son pantalon de jogging vert et un t-shirt gris. Puis, elle va faire une promenade dans le quartier.

À son retour, François prépare du bacon et des œufs dans la cuisine.

— Brouillés, pochés ou frits? demande François.

— Pochés, s'il te plaît, répond Élodie.

— Moi aussi, ajoute Adèle. Et où es-tu allée sans moi ?

Élodie se retourne. Adèle porte un jean et un t-shirt. La fillette disparaît dans la chambre d'Élodie avant même que celle-ci ait le temps de répondre.

— Ta promenade était bien, Élodie ? demande François en cassant des œufs dans un chaudron rempli d'eau bouillante.

— Oui, merci, dit-elle. Freddie le chien a aboyé en me voyant. Je crois qu'il voulait venir se promener avec moi.

Freddie habite à quelques maisons de celle d'Élodie.

— Alors, je l'ai caressé à travers la clôture, ajoute Élodie.

Élodie s'apprête à poursuivre lorsque Adèle l'interrompt.

— On va rendre visite à oncle Philippe aujourd'hui. Et y passer la nuit, dit Adèle.

Élodie se retourne. Adèle a changé de vêtements. Elle porte maintenant un pantalon de jogging et un t-shirt. Un large sourire fend son visage.

— Tu vois, Élodie, déclare-t-elle. Nous sommes encore presque *identiques*. N'est-ce pas super ?

Adèle m'imite à nouveau !

François fait un clin d'œil à Élodie et dépose une assiette d'œufs pochés devant elle. Il semble trouver ça amusant.

Élodie place son visage entre ses mains. D'une part, c'est *vrai* que c'est drôle de voir Adèle essayer de lui ressembler. Elle doit admettre qu'Adèle est plutôt mignonne.

D'autre part, cela la *dépasse*! C'est une chose de constamment se faire poser des questions. Élodie peut *presque* vivre avec ça. Et elle est *presque* habituée qu'Adèle la suive partout.

Mais honnêtement, Adèle est beaucoup plus qu'une ombre... C'est une véritable copieuse.

— Hé, Élodie, veux-tu jouer au soccer? lui demande Yannick plus tard dans la journée.

Yannick frappe le ballon d'un pied à l'autre. Puis, il le lance sur sa tête et l'envoie en direction de la cheminée.

— Ouais, répond Élodie, en lui renvoyant le ballon avant de casser quoi que ce soit.

C'est agréable de marcher vers le parc en compagnie de Yannick. Ils sont seuls, pour une fois. Depuis que Mathéo et Adèle sont arrivés, elle a rarement eu l'occasion de jouer avec Yannick.

Ce n'est peut-être pas gentil de sa part, mais Élodie doit admettre qu'elle est heureuse qu'Adèle et les autres passent la nuit chez oncle Philippe.

— Maintenant, je vais te montrer un truc que Mathéo m'a enseigné, dit Yannick dès qu'ils arrivent au parc.

Élodie regarde Yannick qui frappe le ballon vers le haut. Il se penche ensuite et fait rouler le ballon sur sa tête, puis sur ses épaules. Après s'être redressé, il se retourne rapidement et le fait défiler jusqu'à ses pieds.

— C'est *trop* génial ! s'écrie Élodie.

— Je le sais ! répond Yannick en souriant. C'est super que Mathéo soit là. Il m'a montré un tas de trucs comme celui-là.

Élodie ressent à nouveau cet étrange sentiment de colère surgir en elle. Elle ne peut malheureusement pas le partager avec Yannick. En fait, plus elle y pense, plus elle trouve injuste que Yannick ait quelqu'un de son âge avec qui jouer, une personne qui lui montre plein de trucs. D'autant plus qu'Élodie est obligée de répondre à un millier de questions!

— Tu veux essayer? demande Yannick, la sortant de ses pensées.

Élodie hoche la tête. Ce n'est pas un sentiment ridicule qui va gâcher ce moment avec Yannick sur le terrain de soccer.

— OK. Frappe le ballon dans les airs. Maintenant, penche-toi... oh! *presque,* Élodie! explique Yannick. Frappe dans les airs, penche-toi...

Yannick est très encourageant. Quand le ballon retombe sur sa tête plutôt que sur son dos, il la fait recommencer.

La première fois qu'Élodie réussit le truc au complet, Yannick lève le poing dans les airs en criant :

— Tu as réussi ! Tu as été *formidable,* Élodie.

Élodie sourit. Elle est heureuse que François et sa mère se marient, mais surtout, que Yannick devienne son frère.

Même si cela implique qu'elle doive endurer Adèle la copieuse.

Chapitre
sept

Élodie place un signet dans son livre, puis elle le dépose sur sa table de chevet. Elle se tortille sous les couvertures de manière à réchauffer son lit. Elle regarde ensuite son réveille-matin.

Elle devrait être couchée depuis dix minutes, et sa mère n'est même *pas encore* venue lui souhaiter bonne nuit.

Élodie entend finalement les pas de sa mère dans le couloir.

— Bonsoir chérie, dit-elle en entrant et en allant s'asseoir près d'elle sur le lit. J'essayais d'écrire mes vœux de mariage. François a déjà rédigé les siens, et il refuse de me les montrer. Ce n'est pas évident de trouver quelque chose de spécial, quelque chose qui nous convient à tous les deux ainsi qu'à la famille.

Élodie hoche la tête.

— Tu vas finir par trouver, maman, dit-elle.

La mère d'Élodie soulève la douillette et se blottit contre sa fille.

— Et toi, Élodie ? Qu'est-ce que tu as fait cet après-midi ?

Élodie adore le moment de la journée où elle a sa mère pour elle toute seule.

Elle raconte d'abord à sa mère que Yannick lui a montré une manœuvre de soccer au parc. Elle s'agite sous les couvertures pour faire une démonstration à sa mère sans avoir à se lever du lit.

— Alors, Mathéo a montré le tour à Yannick, puis Yannick me l'a montré. Ça m'a pris une éternité à le réussir, mais j'y suis finalement parvenue, explique Élodie.

La mère d'Élodie repousse les cheveux d'Élodie derrière ses oreilles.

— C'est formidable qu'ils soient à la maison, n'est-ce pas? dit-elle. On a de la chance de pouvoir compter sur eux pour vous garder pendant que François et moi serons partis en voyage.

Élodie ressent soudainement un élan de colère.

— Pourquoi ne pouvons-nous pas aller à Hawaï? demande-t-elle. Je ne veux pas rester ici avec Adèle une semaine complète.

Élodie se met à tout raconter à sa mère. Ça fait des jours qu'elle n'a pas été seule avec elle. Tous les sentiments qu'elle a refoulés doivent maintenant sortir de sa bouche.

— Maman, Adèle imite *tous* mes faits et gestes. Si je veux un œuf poché, elle va vouloir un œuf poché. Si je porte un pantalon de jogging, elle va faire de même. Si je lui confie que ma couleur préférée est le mauve, elle va dire la même chose. Et en plus, elle pose plus de questions que... bien, plus de questions que tout le monde sur cette planète. Elle ne me laisse jamais tranquille. C'est en train de me rendre folle !

— Hum, j'ai remarqué qu'Adèle t'imite un peu, confie sa mère en hochant la tête. Mais c'est uniquement parce qu'elle t'admire, Élodie. Elle veut te ressembler, ce qui, à bien y penser, est très flatteur. Je crois que tu dois te montrer patiente avec elle.

— Patiente ? répète Élodie. Pourquoi devrais-je être patiente ? Yannick n'a pas ce problème ! Il s'amuse avec Mathéo.

La mère d'Élodie lui lance un regard entendu.

— Selon toi, Yannick ne s'est pas montré patient cet après-midi quand il t'a montré son truc de soccer ? dit-elle lentement.

Élodie hausse les épaules. Elle doit admettre qu'il y a un soupçon de vérité dans ce que vient de lui dire sa mère. Elle *devrait* peut-être s'efforcer d'être patiente avec Adèle.

À vrai dire, une part d'elle prend *plaisir* à se faire imiter par Adèle. Puis, Adèle *est* plutôt mignonne malgré ses défauts.

Mais tandis que sa mère lui caresse les cheveux, Élodie réalise qu'il y a autre chose qui la tracasse. Elle sent une larme couler sur sa joue. Elle n'a encore jamais été séparée de sa mère durant une semaine...

— Maman, chuchote-t-elle. Tu vas me manquer pendant ta lune de miel. J'aimerais tant que vous nous emmeniez, Yannick et moi.

La mère d'Élodie la serre contre elle. Son câlin est enveloppant et réconfortant.

— Élodie, je t'aime plus que tout au monde. J'aime Yannick, aussi. Et François vous aime tous les deux. Même si nous ne sommes pas avec vous, cela ne veut pas dire que nous ne pensons pas à vous. Nous ne sommes pas obligés d'être ensemble pour être... *ensemble,* conclut-elle.

Élodie expire contre la poitrine de sa mère. Elle sent soudainement un chatouillement sur son ventre.

— Où habites-tu ? demande sa mère.

Élodie sent un gloussement lui monter à la gorge. Non seulement parce qu'elle se fait chatouiller, mais aussi parce qu'elle sait que sa mère commence un petit jeu.

Elles jouent à ce jeu depuis aussi long-temps qu'Élodie se souvienne.

— Sur la rue Beausoleil, répond Élodie en jouant le jeu.

— Et à quel autre endroit? renchérit sa mère.

Élodie a du mal à garder son sérieux.

— Dans ma maison, avec ma famille.

— Et à quel autre endroit? demande la mère d'Élodie en la chatouillant à nouveau.

— Dans ton CŒUR! s'écrie Élodie en pouffant de rire.

Chapitre
* huit *

Élodie ferme les yeux au moment où un jet de fixatif est projeté sur ses queues de cheval.

C'est amusant. Au salon de coiffure, Élodie, sa mère, tante Christine et Adèle sont assises en rang. Élodie décroise les jambes et se penche plus près du miroir. À côté d'elle, elle aperçoit Adèle qui décroise les jambes et se regarde dans le miroir.

— Comment trouves-tu les cheveux d'Élodie, Hélène? demande la coiffeuse en faisant pivoter la chaise d'Élodie dans sa direction.

— C'est parfait, répond la mère d'Élodie. *Tu* es parfaite, Élodie, ajoute-t-elle dans un murmure.

— Et particulièrement avec le pantalon de jogging, plaisante Élodie.

Elles sont maintenant toutes coiffées, mais elles n'ont pas encore enfilé leurs tenues de mariage. Élodie attend ce moment avec *impatience*.

— Maman, je n'arrive pas à croire qu'on va se marier pour vrai aujourd'hui !

Elle rit avant de se reprendre.

— Je veux dire que *François et toi* allez vous marier aujourd'hui.

La mère d'Élodie lui fait un clin d'œil. Elle est resplendissante. Ses cheveux sont remontés en un chignon décoiffé, avec de fines mèches qui pendent autour de son visage. Elle fait face au miroir. Elle ne regarde pas son reflet, mais plutôt celui d'Élodie.

Soudain, Adèle grimpe sur les genoux d'Élodie. Elle ne voit plus que la tête tressée d'Adèle dans le miroir.

— Hé, Élodie ! dit-elle. On a le droit de se mettre du brillant à lèvres !

À la maison, Élodie retouche le brillant à lèvres d'Adèle avec son doigt. Il semble y en avoir davantage sur son menton que sur ses lèvres.

Élodie tape du pied sur le tapis du salon. Sa mère et tante Christine sont dans la salle de bains depuis une *éternité*.

— Élodie, peux-tu me dessiner un gros gâteau de mariage ? demande Adèle.

Élodie jette un coup d'œil à la pile de feuilles sur la table basse. Jusqu'à présent, elle a dessiné un petit gâteau, un moyen gâteau, ainsi qu'une centaine de petites et de grandes demoiselles d'honneur.

Elle prend son crayon quand soudain elle entend la porte de la salle de bains s'ouvrir.

Élodie écarquille les yeux au moment où tante Christine et sa mère entrent dans le salon. Elle est bouche bée.

Élodie a toujours trouvé que sa mère était jolie. Mais la femme qui se tient devant elle est *magnifique* ! Elle porte une robe bleu ciel sans bretelles, avec un décolleté en cœur. La robe est ajustée à la taille de sa mère, et retombe jusqu'au sol. Puis, une

paire de souliers bleu foncé avec des boucles diamantées vient compléter le tout.

Élodie porte son regard sur le visage de
sa mère. Ses joues ont une légère teinte de
rouge, et ses cils semblent plus longs et plus
foncés qu'à l'habitude. Avec ses cheveux
remontés et fins, elle ressemble à...

Waouh! Tu es
magnifique!

— Maman…, souffle Élodie, tu ressembles à…

— Une princesse. Une *grande* princesse ! poursuit Adèle.

Elles éclatent toutes de rire.

Élodie voudrait que le temps s'arrête à ce moment précis.

Quatre filles qui rient aux éclats. Et un mariage qui les attend.

Élodie n'a jamais embarqué dans une limousine de sa vie. Pendant un moment, elle s'imagine comment Yannick aurait réagi. Il raffole des voitures, et il aurait adoré voyager avec François et Mathéo dans une voiture aussi l-o-n-g-u-e que celle-ci.

Les garçons se sont préparés chez oncle
Philippe afin que François ne voie pas la
mère d'Élodie dans sa robe de mariée. Il
paraît que ça porte malheur. Mais au fond
d'elle-même, Élodie sait que *rien* ne peut
mal tourner aujourd'hui !

Le chauffeur porte un habit avec des
boutons en or et une casquette au rebord
doré. Au moment où il leur ouvre la porte,
Élodie ne peut se retenir de rire.

Elle se glisse sur l'une des banquettes.
Adèle s'installe à côté d'elle, tandis que sa
mère et tante Christine s'assoient en face
d'elles. Ça ressemble davantage à une salle
de luxe sur roues qu'à une voiture.

— Es-tu prête, Hélène ? demande tante
Christine tandis que le chauffeur démarre la
voiture.

Élodie remarque que sa mère avale sa salive. Elle lisse sa robe bleue. Elle regarde ensuite par la fenêtre, puis se retourne vers tante Christine.

— Je suis un peu nerveuse, confie-t-elle, de prononcer mes vœux de mariage devant tout le monde.

— Je sais ce qu'est un vœu de mariage, dit Adèle d'un air entendu. Un vœu, c'est une sorte de promesse.

Élodie croise les jambes. Elle dépose son bouquet sur le siège, entre Adèle et elle. Adèle croise les jambes. Puis, elle place son bouquet par-dessus celui d'Élodie.

— Je crois qu'il y aura *cent* personnes qui vont nous regarder quand on va sortir de cette voiture, ou peut-être même *cinquante,* ajoute joyeusement Adèle.

Élodie regarde sa mère. Elle tente de trouver quelque chose à dire qui pourrait la calmer. Mais soudain, la limousine s'immobilise.

— Mesdames. Nous sommes arrivés, annonce le chauffeur en inclinant sa casquette.

Chapitre neuf

Le temps est idéal pour célébrer un mariage au parc. Le soleil brille, mais il ne fait pas trop chaud.

Vêtus de leurs plus beaux habits, les invités sont divisés en deux groupes bordant chaque côté de l'allée. Au bout de l'allée, il y a un bel-védère blanc orné de fleurs et de boucles, comme celui dans *La mélodie du bonheur*.

François, Yannick et Mathéo attendent à l'intérieur du belvédère. Ils se retournent et regardent les filles descendre le sentier.

Élodie trouve cela amusant de voir Yannick aussi tranquille. Habituellement, il n'est pas capable de tenir en place. Il a l'air très sérieux présentement.

Élodie et Adèle descendent l'allée lentement, en souriant et en saluant les gens sur leur passage. La mère d'Élodie les suit derrière avec son énorme bouquet.

Élodie était un peu terrifiée à l'idée de descendre l'allée. Mais elle connaît plusieurs des personnes qui sont présentes. Elle sourit à oncle Philippe, qui lui souffle un baiser avec ses deux mains avant de faire une révérence comique. Sa grand-mère sourit et Simone lui envoie la main. La joie est *palpable* au sein de l'assistance. Ce n'est pas terrifiant du tout. C'est même plutôt amusant !

Lorsqu'elles arrivent devant le belvédère, Élodie se place entre sa mère et Adèle. La mère d'Élodie et François se tiennent par la main.

— Mesdames, messieurs, dit le célébrant, qui est positionné sur une petite estrade devant eux. Nous sommes réunis aujourd'hui pour célébrer l'union de François et Hélène.

Élodie regarde autour d'elle. Les invités sont maintenant assis en demi-cercle devant le belvédère. Élodie fait tourner son bouquet jusqu'à ce que François doive prononcer ses vœux.

— Je promets, commence-t-il.

Élodie remarque que François s'éclaircit la voix avant de poursuivre.

— Je promets d'aimer et d'honorer la merveilleuse Hélène. Je promets de la respecter.

Il regarde Élodie, puis il continue :

— Et de prendre soin de l'adorable fille que j'ai toujours voulue...

Élodie sent ses joues rougir, mais il s'agit d'une gêne agréable.

— Hé, et moi ? l'interrompt Yannick à côté de François.

Les invités se mettent à rire. François sourit.

— Et toi aussi, si tu te conduis bien, ajoute-t-il.

Les éclats de rire se poursuivent pendant un bon moment. Élodie sourit, mais elle n'arrive pas à se relaxer. Elle est un peu inquiète pour sa mère. Elle aurait souhaité

être en mesure de l'aider à écrire ses vœux de mariage.

Élodie déglutit au moment où sa magnifique mère ouvre et referme la bouche. Puis, François prend les mains de sa mère dans les siennes, ce qui semble aider.

— Je promets d'aimer et d'honorer François, dit lentement et clairement la mère d'Élodie.

Un silence parcourt l'assistance.

— Je promets d'aimer notre belle famille. Et je promets de toujours penser à vous, même quand nous serons séparés.

La mère d'Élodie regarde Yannick. Puis François. Et puis, son regard se pose et s'immobilise sur Élodie.

Élodie serre les lèvres et se retient de pleurer. Elle sait ce que sa mère s'apprête à dire.

— Parce que vous aurez toujours une place ici, dit Hélène en tenant fermement son bouquet contre sa poitrine, dans mon cœur.

Chapitre dix

À la réception, Élodie s'assoit à la table des enfants. Ses pieds touchent le panier de pétales de roses vide. C'était amusant de lancer des pétales sur François et sa mère. Elle et Adèle ont ri tout au long de la séance photo. Quand le photographe a dit «ouis-titi», elle savait que c'était pour les faire sourire. Mais ils n'ont pas eu besoin d'aide. Élodie a mal au visage à force d'avoir tant souri. Et c'étaient de vrais sourires.

— Hé, Élodie, allons nous resservir, lance Adèle en introduisant dans sa bouche les dernières miettes du gâteau de mariage qui se trouvait dans son assiette.

Élodie gémit et secoue la tête.

— Je crois que je suis pleine, Adèle, dit-elle.

— Mais on n'a *jamais* assez de gâteau au chocolat avec du glaçage rose ! réplique Adèle. Dans ce cas, allons chercher d'autre punch, ajoute-t-elle en tapant doucement le bras d'Élodie.

Élodie sourit et suit Adèle à la table des breuvages. Elle jette un regard circulaire sur la salle de réception. Certains invités ont changé de table pour parler avec leurs amis. D'autres se promènent et font tinter leurs verres tout en bavardant et en riant.

Élodie regarde l'orchestre qui se réchauffe sur la scène située à l'avant de la salle. Puis, elle prend la louche pour servir un verre à Adèle et un autre à elle-même.

L'orchestre commence à jouer au moment où les filles retournent à leur table.

Élodie regarde François prendre sa mère par la main et se diriger sur la piste de danse.

Élodie sait que la danse qu'ils s'apprêtent à exécuter se nomme une «valse». Elle adore la façon dont la robe de sa mère bouge à chacun de ses mouvements. Elle adore la façon dont François la tient par la taille et la fait fléchir. Elle le regarde remettre sa mère en position debout.

Bientôt, plusieurs invités se joignent à eux. Élodie se met à rire en apercevant

Yannick qui valse sur la piste de danse avec tante Christine en haussant à nouveau les sourcils.

— Élodie? dit Adèle en tirant sur son bras. Élodie?

Élodie se tourne vers Adèle. Celle-ci affiche une mine inquiète. Elle tire sur sa chaise et baisse les yeux sur ses pieds.

— Je suis désolée pour les souliers, dit-elle. Je suis navrée que tu aies dû porter les mêmes que moi. Je sais que tu voulais vraiment avoir les autres. J'espère que tu les aimes un peu, tout de même?

Élodie lance un sourire entendu à Adèle. Elle place son pied à côté de celui d'Adèle.

— *J'adore* nos souliers, affirme-t-elle. Et je te parie qu'ils sont parfaits pour danser! On les essaie?

Élodie est ravie de voir le visage d'Adèle s'illuminer. Elle sourit jusqu'aux oreilles.

Tandis qu'elles s'avancent vers la piste de danse, Adèle saisit la main d'Élodie. Elle l'attire vers elle afin de pouvoir lui chuchoter à l'oreille.

— Tu es la meilleure cousine du monde entier, de tout l'univers, dit-elle à Élodie. Tu es *formidable*.

Élodie serre la main d'Adèle. Elle repense au tour de soccer que Yannick lui a enseigné. Il lui avait ensuite dit qu'elle était formidable. Peut-être Yannick la trouve-t-*elle* parfois fatigante. Mais encore, c'est peut-être ça, être une famille.

Alors qu'elle entraîne Adèle sur la piste de danse, Élodie se penche et lui chuchote à l'oreille :

— Tu es aussi la meilleure, Adèle. Tu es formidable.

Élodie ferme les yeux de fatigue et regarde sa table de chevet. Son panier de pétales de roses n'est plus vide — il est rempli de chocolats miniatures qu'elle et Adèle ont recueillis sur les tables après avoir dansé jusqu'à ne plus sentir leurs jambes.

À la fin de la réception, elle est tombée endormie sur deux chaises qu'elle a mises côte à côte. Adèle, Yannick et Mathéo ont fait la même chose.

Élodie s'est réveillée lorsque François l'a transportée vers la voiture, mais elle a fait semblant de dormir.

Plus tard dans la nuit, Élodie se réveille pendant un moment. Elle est heureuse d'entendre Adèle respirer sur le lit gigogne à côté d'elle.

Élodie sait qu'elle aura une place dans le cœur de sa mère pendant son voyage à

Hawaï. Elle leur souhaite, à elle et à François, de bien s'amuser.

Car Élodie sait qu'elle va aussi bien s'amuser, ici, à la maison. Même si elle *va* s'ennuyer de sa mère et de François, elle a de la chance d'avoir Yannick, Mathéo, tante Christine, et même Adèle, pour veiller sur elle.

Après tout, ils font partie de la famille.